DISCOURS À L'ACADÉMIE SUÉDOISE

Du même auteur

Aux Éditions Fayard

Tarantula, 2001.
Chroniques, vol. I, 2005.
Lyrics, 2008 ; nouvelle édition augmentée, 2017.

Bob Dylan

Discours à l'Académie suédoise

Traduit de l'anglais (États-Unis)
par Nicolas Richard

Fayard

Couverture : Ô Majuscule

Les paroles de chanson citées aux pages 26 et 27 comprennent une adaptation d'un texte de Charlie Poole par Jim Krause.

Cet ouvrage est la traduction intégrale,
publiée pour la première fois en France,
du livre de langue anglaise :
THE NOBEL LECTURE
édité par Simon & Schuster, New York.

ISBN : 978-2-213-70614-6

Dépôt légal : octobre 2017

Lorsque j'ai reçu le prix Nobel de littérature, je me suis demandé quel lien mes chansons entretenaient au juste avec la littérature. J'ai voulu y réfléchir et m'interroger sur la nature de ce lien. Je vais tâcher d'exprimer cela pour vous. Et très probablement ça se fera de façon détournée, mais j'espère que mes explications seront dignes d'intérêt et éclairantes.

Si je devais revenir à la genèse de tout cela, je crois qu'il faudrait que je commence par Buddy Holly. J'avais à peu près dix-huit ans quand Buddy est mort ; il en avait vingt-deux. La première fois que je l'ai écouté, je me suis senti proche de lui. J'ai eu l'impression qu'il y avait un lien de parenté entre nous, comme avec un frère aîné. Je trouvais même que je lui ressemblais. Buddy jouait la musique que j'adorais – la musique que j'avais écoutée toute mon enfance : la country, le rock'n'roll et le rhythm'n'blues. Trois brins de la musique qu'il entrelaçait et infusait en un genre unique. Une marque. Et Buddy écrivait des chansons – des chansons qui avaient des mélodies magnifiques et des couplets inventifs. Et puis il chantait merveilleusement – il chantait de plein de voix différentes.

Il était l'archétype. Tout ce que je n'étais pas et voulais être. Je ne l'ai vu qu'une seule fois, et c'était quelques jours avant qu'il disparaisse. J'ai dû parcourir plus de cent cinquante kilomètres pour le voir jouer, et je n'ai pas été déçu.

Il a été puissant, électrisant, d'une présence impressionnante. Je n'étais qu'à deux mètres de lui. Il était hypnotisant. J'ai observé son visage, ses mains, sa manière de taper du pied, ses grosses lunettes noires, les yeux derrière les verres, sa façon de tenir sa guitare, sa posture, son costume impeccable. Tout dans les moindres détails. Il faisait plus que ses vingt-deux ans. Il y avait en lui quelque chose d'universel, et il m'a empli de conviction. Puis, de manière inattendue, il s'est passé une chose tout à fait troublante. Il m'a regardé droit dans les yeux et il m'a transmis quelque chose. Quelque chose, je n'ai pas su quoi. Et ça m'a donné des frissons.

Je crois que c'est le lendemain ou le surlendemain que son avion s'est écrasé. Et quelqu'un – quelqu'un que je n'avais jamais vu – m'a fait écouter un disque de Leadbelly sur lequel il y avait la chanson « Cotton Fields ». Et ce disque a changé ma vie sur-le-champ. M'a transporté dans un monde jusqu'alors inconnu. C'était comme s'il y avait eu une explosion. Comme si j'avais jusqu'alors marché dans l'obscurité et que d'un coup l'obscurité était illuminée. C'était comme si quelqu'un avait apposé ses mains sur moi. J'ai dû me passer ce disque une centaine de fois.

Il était sorti sur un label dont je n'avais jamais entendu parler – dans la pochette, une brochure faisait la promotion d'autres artistes du label : Sonny Terry et Brownie McGhee, les New Lost City Ramblers, Jean Ritchie, des *string bands*. Je n'en avais jamais entendu parler. Mais je me suis dit que s'ils étaient sur ce label avec Leadbelly, ils devaient être bons, donc il fallait que je les écoute. J'ai voulu tout savoir sur le sujet et jouer ce type de musique. J'avais encore un faible pour la musique écoutée toute mon enfance, mais sur le coup, je l'ai oubliée. Je n'y ai même plus pensé. À ce moment-là, elle avait complètement disparu.

Je n'étais pas encore parti de chez moi, mais j'avais hâte. Je voulais apprendre cette musique et rencontrer les gens qui la jouaient. J'ai fini par effectivement partir et j'ai effectivement appris à jouer ces chansons. Elles étaient différentes des chansons radio que j'écoutais depuis toujours. Elles étaient plus poignantes et plus proches de la vie. Avec les chansons radio, un interprète pouvait décrocher un hit sur un coup de dés ou en tirant la bonne carte mais, dans le monde du folk, cela n'avait pas d'importance. Tout était un hit. Il suffisait d'en connaître un rayon et d'être capable de jouer la mélodie. Certaines de ces chansons étaient faciles, d'autres pas. J'étais naturellement sensible aux vieilles ballades et aux blues country, mais tout le reste, j'ai dû l'apprendre en partant de zéro. Et j'ai joué pour des publics restreints, parfois pas plus de quatre ou cinq personnes dans la salle, ou à un coin de rue. Il fallait avoir un large répertoire, et il fallait savoir quoi jouer et à quel moment. Certaines chansons étaient intimes, pour d'autres il fallait hurler afin d'être entendu.

En écoutant tous les pionniers du folk et en jouant les chansons toi-même, tu chopes leur façon de parler, la langue vernaculaire. Tu te l'appropries. Tu la chantes dans les ragtime-blues, dans les chants de travail, les hymnes des marins de Géorgie, les ballades des Appalaches, les chansons de cow-boys. Tu entends toutes les subtilités et tu en apprends les détails.

Tu sais exactement de quoi il retourne. Défourailler puis remettre le flingue dans ta poche. Prendre tes cliques et tes claques, parler dans le noir. Tu sais que Stagger Lee était un sale type et Frankie une chouette nana. Tu sais que Washington est une ville bourgeoise et tu as entendu la belle voix grave de John the Revelator et tu as vu le *Titanic* couler dans un ruisseau marécageux. Et tu es pote avec le vagabond fou irlandais et le farouche garçon des Colonies. Tu as entendu les tambours assourdis et les fifres qui jouaient doucement. Tu as vu le vigoureux Lord Donald enfoncer une lame dans sa dame, et nombre de tes camarades ont fini enveloppés dans du lin blanc.

Je maîtrisais tout le vernaculaire. Je connaissais la rhétorique. Pas un détail ne m'échappait – les trucs, les techniques, les secrets, les mystères – et puis aussi, je connaissais toutes les routes désertes qu'empruntait cette langue. Je pouvais faire en sorte que tout se connecte et circule avec le courant du moment. Quand je me suis mis à écrire mes propres chansons, le jargon folk était le seul vocabulaire que je connaissais, et je m'en suis servi.

Mais je possédais également autre chose. J'avais des principes et des sensibilités et une vision du monde assez informée. Et ce depuis déjà un certain temps. Tout appris à l'école primaire. *Don*

Quichotte, *Ivanhoé*, *Robinson Crusoé*, *Les Voyages de Gulliver*, *Le Conte de deux cités*, tout le reste – lectures typiques de l'école primaire, qui vous donnaient une façon de voir la vie, une compréhension de la nature humaine et des critères à l'aune desquels mesurer les choses. J'ai pris tout ça avec moi quand j'ai commencé à écrire des paroles. Et les thèmes de ces livres ont infiltré nombre de mes chansons, soit de manière délibérée, soit involontairement. Je voulais composer des chansons qui ne ressemblent à rien de ce qu'on avait déjà entendu, et ces thèmes étaient fondamentaux.

Certains livres en particulier ne m'ont pas lâché depuis que je les ai lus à l'époque de l'école primaire – je veux vous parler de trois d'entre eux : *Moby Dick*, *À l'Ouest rien de nouveau* et *L'Odyssée*.

Moby Dick est un livre fascinant, un livre plein de scènes et de dialogues d'une grande intensité dramatique.

Le livre est exigeant. L'intrigue est simple. Le mystérieux capitaine Achab – capitaine d'un bateau baptisé le *Péquod* –, un égotiste avec une jambe de bois, à la poursuite de son pire ennemi, Moby Dick le grand cachalot blanc, qui lui a pris sa jambe. Et il le poursuit à travers l'océan Atlantique jusqu'à la pointe de l'Afrique et dans l'océan Indien. Il poursuit le cachalot des deux côtés du globe. C'est une quête abstraite, rien de concret ni de définitif. Il appelle Moby « l'empereur », le voit comme l'incarnation du mal. Achab a une femme et un enfant restés à Nantucket, qu'il évoque de temps à autre. Tu peux deviner ce qui va se passer.

L'équipage du bateau est constitué d'hommes de différentes origines, et quiconque parmi eux apercevra la baleine recevra en récompense une pièce d'or. Beaucoup de symboles du zodiaque, d'allégorie religieuse, de stéréotypes. Achab rencontre d'autres baleiniers, insiste auprès des capitaines pour glaner des informations sur Moby. L'ont-ils vu ? Il y a un prophète fou, Gabriel, sur un des vaisseaux, et il prédit le destin funeste d'Achab. Dit que Moby est l'incarnation d'un dieu Shaker, et que frayer avec lui conduira au désastre. Il dit cela au capitaine Achab. Un autre capitaine de vaisseau – le capitaine Boomer –, il a perdu un bras à cause de Moby. Mais il tolère ça, et il est heureux d'avoir survécu. Il ne peut pas accepter la soif de vengeance d'Achab.

Ce livre raconte comment des hommes différents réagissent de manières différentes à la même expérience. On est en pleine allégorie biblique de l'Ancien Testament : Gabriel, Rachel, Jéroboam, Bildad, Élie. Des noms païens également : Tashtego, Flask, Daggoo, Fleece, Starbuck, Stubb, Martha's Vineyard. Les païens sont des adorateurs d'idoles. Certains vouent un culte à des figurines de cire, d'autres à des figurines en bois. D'autres encore vénèrent le feu. *Péquod* est le nom d'une tribu indienne.

Moby Dick est une légende marine. Un des hommes, le narrateur, dit : « Appelez-moi Ismaël. »

Quelqu'un lui demande d'où il est, et il répond : « Ce n'est sur aucune carte. Les lieux réels ne figurent jamais sur aucune carte. » Stubb n'accorde aucune signification à quoi que ce soit, dit que tout est prédestiné. Ismaël a toute sa vie été sur un navire. Appelle les navires son Harvard et Yale. Il garde ses distances avec les gens.

Un typhon frappe le *Péquod*. Le capitaine Achab pense que c'est de bon augure. Starbuck pense que c'est de mauvais augure, envisage de tuer Achab. Dès que la tempête s'achève, un membre de l'équipage tombe du haut du mât du vaisseau et se noie, laissant présager ce qui va arriver. Un prêtre pacifiste quaker, qui est en réalité un homme d'affaires assoiffé de sang, dit à Flask qu'en recevant des blessures certains hommes trouvent le chemin de Dieu, d'autres celui de l'amertume.

Tout se mêle. Tous les mythes : la bible judéo-chrétienne, les mythes hindous, les légendes britanniques, saint Georges, Persée, Hercule – ce sont tous des baleiniers. La mythologie grecque, le processus sanguinolent du dépeçage d'une baleine. Un tas d'informations dans ce livre, un savoir géographique, l'huile de cachalot – bonne pour le sacre des membres de familles royales – les familles nobles de l'industrie baleinière. L'huile de cachalot est utilisée pour consacrer les rois. Histoire de la baleine, phrénologie, philosophie classique, théories pseudo-scientifiques, justification de la discrimination – tout jeté là, et rien de vraiment rationnel. Raffinement intellectuel et culture sans prétention, chasse à l'illusion, chasse à la mort, le grand cachalot blanc, blanc comme un ours polaire, blanc comme l'homme blanc, l'empereur, l'ennemi juré, l'incarnation du mal. Le capitaine insensé qui a en fait perdu sa jambe des années plus tôt en essayant de s'attaquer à Moby avec un couteau.

Nous ne voyons que la surface des choses. Nous pouvons à notre guise interpréter ce qu'il y a sous la surface de n'importe quelle manière qui nous convient. Les membres de l'équipage arpentent le pont en guettant la voix des sirènes, des requins et des vautours suivent le navire. Lire les crânes et les visages comme on lit un livre. Voici un visage. Je vais le mettre devant vous. Lisez-le si vous le pouvez.

Tashtego dit être mort puis être revenu à la vie. Les jours qu'il a en plus sont un cadeau. Il n'a pas été sauvé par le Christ, il affirme qu'il a été sauvé par un de ses semblables, un non-chrétien, qui plus est. Il parodie la Résurrection.

Quand Starbuck dit à Achab qu'il devrait laisser le passé derrière lui, le capitaine en colère rétorque : « Ne viens pas me parler de blasphème, fiston ! Je frapperais le soleil s'il m'insultait. » Achab, lui aussi, est un poète éloquent. Il dit : « La voie qui mène au but que je me suis fixé est un rail d'acier auquel sont ajustés les roués de mon âme. » Ou cette phrase : « Tous les objets visibles ne sont que des masques de carton. » Des formules poétiques que l'on peut citer, indépassables.

Enfin Achab repère Moby, et on sort les harpons. On met les pirogues à l'eau. Le harpon d'Achab a été baptisé dans le sang. Moby attaque la pirogue d'Achab et la détruit. Le lendemain, il aperçoit à nouveau Moby. On met de nouveau les pirogues à l'eau. Moby attaque de nouveau celle d'Achab. Au troisième jour, une autre pirogue est mise à l'eau. Encore l'allégorie religieuse. Il s'est relevé. Moby attaque une nouvelle fois, percute le *Péquod* et l'envoie par le fond. Achab est pris dans les filins du harpon et éjecté de sa pirogue, enseveli sous les eaux.

Ismaël survit. Il est dans la mer, flottant sur un cercueil. Et c'est à peu près tout. Voilà toute l'histoire. Ce thème et tout ce qu'il charrie allait se retrouver dans plus d'une de mes chansons.

À l'Ouest rien de nouveau est un autre livre qui a imprégné plusieurs de mes chansons. *À l'Ouest rien de nouveau* est une histoire d'épouvante.

Voilà un livre où tu perds ton enfance, ta foi dans un monde sensé et ta sollicitude pour les individus. Tu es coincé dans un cauchemar. Aspiré dans un mystérieux tourbillon de mort et de douleur. Tu te défends pour ne pas être éliminé. Tu es en train de te faire effacer de la surface de la terre. Il fut un temps où tu étais un jeune homme innocent avec de grands rêves, tu te voyais pianiste soliste. Jadis tu aimais la vie et le monde, et désormais tu le réduis en bouillie en tirant dessus.

Jour après jour, les frelons te piquent et les asticots lapent ton sang. Tu es une bête acculée. Tu n'as plus ta place nulle part. La pluie tombe, monotone. Les assauts se succèdent à l'infini, gaz asphyxiants, gaz neurotoxiques, morphine, flots brûlants d'essence, grappiller et chiper de la nourriture, la grippe, le typhus, la dysenterie. La vie se disloque tout autour de toi, les obus sifflent. C'est le dernier cercle de l'enfer. Boue, barbelés, tranchées infestées de rats, rats dévorant les intestins des morts, tranchées remplies de crasse et d'excréments. Quelqu'un hurle : « Hé, toi, là. Debout et bats-toi. »

Qui sait combien de temps ce carnage va continuer ? Il n'y a pas de limites à la guerre. Tu es anéanti, et ta jambe saigne trop. Tu as tué un homme hier, et tu as parlé à son cadavre. Tu lui as dit qu'une fois tout ça terminé tu passerais le restant de tes jours à t'occuper de sa famille. À qui ça profite, là ? Les dirigeants et les généraux gagnent en notoriété, et bien d'autres en profitent financièrement. Mais toi tu te tapes le sale boulot. Un de tes camarades dit : « Attends un peu, tu vas où ? » Et tu réponds : « Laisse-moi tranquille, je reviens tout de suite. » Puis tu t'en vas dans les bois de mort, chasser un bout de saucisse. Tu ne comprends pas comment qui que ce soit dans la vie civile peut avoir le moindre but. Tous leurs soucis, leurs désirs – tu n'arrives pas à comprendre.

Encore des crépitements de mitrailleuses, encore des bouts de corps accrochés aux fils de fer, encore des morceaux de bras et de jambes et de crânes, avec des papillons posés sur les dents, encore des blessures affreuses, du pus sortant de chaque pore, des poumons attaqués, des blessures trop grandes pour le corps, des cadavres dégageant des gaz et des corps morts émettant des bruits de haut-le-cœur. La mort partout. Rien d'autre n'est possible. Quelqu'un va te tuer et utilisera ton corps mort comme cible d'entraînement. Les godillots, aussi. C'est ton bien précieux. Mais bientôt ils seront aux pieds de quelqu'un d'autre.

Des Franzoz s'approchent parmi les arbres. Impitoyables salopards. Tu es à court de munitions. « C'est pas juste de revenir nous attaquer si tôt », dis-tu. Un de tes compagnons gît par terre et tu veux l'emmener à l'hôpital de campagne. Quelqu'un d'autre dit : « Tu pourrais t'éviter un voyage. » « Qu'est-ce que tu veux dire par là ? » « Retourne-le, tu verras ce que je veux dire. »

Tu attends, tu guettes les nouvelles. Tu ne comprends pas pourquoi la guerre n'est pas terminée. L'armée manque tellement d'effectifs qu'on appelle sous les drapeaux des jeunes gars militairement peu utiles, mais ils les incorporent quand même parce qu'ils n'ont plus assez d'hommes. La maladie et l'humiliation t'ont brisé le cœur. Tu as été trahi par tes parents, tes maîtres d'école, tes prêtres, et même par ton propre gouvernement.

Le général au cigare fumé lentement t'a aussi trahi – a fait de toi un voyou et un assassin. Si tu pouvais, tu lui collerais une balle dans la figure. Pareil pour le commandant. Tu fantasmes, tu te dis que si tu avais l'argent, tu offrirais une récompense à tout homme qui le buterait par n'importe quel moyen. Et si, ce faisant, celui-ci devait perdre la vie, alors l'argent irait à ses héritiers. Le colonel, lui aussi, avec son caviar et son café – encore un autre, tiens. Passe tout son temps au bordel des officiers. Tu aimerais le voir lapidé à mort, lui aussi. Encore des Tommy et des Johnny avec leurs chansons, leurs *whack fo' me daddy-o* et leurs *whiskey in the jars*. Tu en tues vingt et vingt autres jailliront à leur place. Ça te pue aux narines.

Tu en viens à détester la vieille génération qui t'a envoyé dans cette folie, dans cette chambre de torture. Tout autour de toi, tes camarades agonisent. Ils meurent de blessures abdominales, de doubles amputations, d'os de la hanche brisés, et tu te dis : « Je n'ai que vingt ans, mais je suis capable de tuer n'importe qui. Même mon père, s'il s'en prenait à moi. »

Hier, tu as essayé de sauver un chien messager blessé, et quelqu'un a crié : « Sois pas idiot. » Un Franzoz gît glougloutant à tes pieds. Tu lui as planté un poignard dans le ventre, mais l'homme est encore en vie. Tu sais que tu devrais l'achever, mais tu ne peux pas. Tu es sur la vraie croix de fer et un soldat romain porte une éponge de vinaigre à tes lèvres.

Des mois passent. Tu rentres chez toi pendant une permission. Tu ne peux pas communiquer avec ton père. Il a dit : « Tu serais un dégonflé si tu ne t'engageais pas. » Ta mère aussi, alors que tu t'apprêtes à repartir : « Fais attention, avec ces jeunes Françaises, hein. » Encore plus de folie. Tu te bats pendant une semaine ou un mois, et vous gagnez dix mètres. Et puis le mois suivant, ces dix mètres vous sont repris.

Toute cette culture millénaire, cette philosophie, cette sagesse – Platon, Aristote, Socrate –, qu'est-ce qui lui est arrivé ? Elle aurait dû empêcher cela. Tes pensées te ramènent à la maison. Et tu redeviens un écolier, tu passes sous les hauts peupliers. C'est un agréable souvenir. Encore des bombes qui te tombent dessus, lâchées des ballons dirigeables. Il faut que tu te reprennes maintenant. Tu ne peux regarder personne, par crainte de quelque chose d'incalculable qui pourrait arriver. La fosse commune. Il n'y a pas d'autre issue.

Et puis tu remarques les cerisiers en fleur et tu vois que la nature n'est pas affectée par tout cela. Les peupliers, les papillons rouges, la fragile beauté des fleurs, le soleil – tu constates que la nature est indifférente à tout ça. Toute la violence et la souffrance de l'espèce humaine. La nature ne remarque même pas.

Tu es tellement seul. Et puis un éclat d'obus te frappe à la tempe et tu es mort. Tu as été éliminé, rayé. Tu as été exterminé. J'ai reposé ce livre, l'ai refermé. Je n'ai plus jamais voulu lire un autre roman de guerre, et n'en ai plus jamais lu un seul.

Charlie Poole, originaire de Caroline du Nord, avait écrit une chanson qui faisait écho à tout ça. Elle s'intitule : « You Ain't Talkin' to Me ». En voici les paroles :

J'ai vu un écriteau dans une vitrine un jour que je montais au bourg.
Engagez-vous, parcourez le monde, voilà ce qu'il avait à dire.
Vous verrez des endroits fascinants avec une joyeuse équipe,
Vous rencontrerez des gens intéressants et apprendrez à les tuer aussi.

Oh c'est pas à moi que tu causes, c'est pas à moi que tu causes.
Je suis peut-être fou et tout ça, mais j'ai du bon sens, tu vois.
C'est pas à moi que tu causes, c'est pas à moi que tu causes.
Tuer avec un fusil des gens, je crois pas que ce soit marrant.
C'est pas à moi que tu causes.

L'Odyssée est un grand livre dont les thèmes se sont immiscés dans les ballades de nombreux auteurs-compositeurs : « Homeward Bound », « Green, Green Grass of Home », « Home on the Range », et aussi dans mes chansons.

L'Odyssée est une étrange légende qui raconte l'aventure d'un homme d'âge mûr essayant de rentrer chez lui après avoir combattu lors d'une guerre. Il entreprend ce long périple pour rentrer chez lui, et c'est un parcours jalonné de pièges et d'embûches. Il est condamné à errer. Il est toujours emporté vers le large, s'en tire toujours de justesse. D'énormes rochers contrecarrent ses plans. Il met en colère les gens qu'il ne faut pas. Il y a des fauteurs de troubles dans son équipage. Des trahisons. Ses hommes sont métamorphosés en cochons, puis sont de nouveau métamorphosés en hommes plus beaux et plus jeunes. Il part toujours à la rescousse de quelqu'un. C'est un voyageur, mais il fait de nombreuses haltes.

Le voilà échoué sur une île déserte. Il trouve des grottes désertes et s'y cache. Il rencontre des géants qui lui disent : « Je te mangerai en dernier. » Et il échappe aux géants. Il essaie de rentrer chez lui, mais il est chahuté et bloqué par les vents. Des vents incessants, des vents glacés, des vents hostiles. Il est emporté au loin, puis les vents le ramènent.

Il est toujours prévenu des choses qui vont lui arriver. Touche toujours des choses qu'on lui dit de ne pas toucher. Il y a deux itinéraires possibles, et les deux sont mauvais. Les deux dangereux. L'un peut te conduire à la noyade, l'autre à la famine. Il s'avance sur un détroit périlleux avec des tourbillons d'écume qui l'engloutissent. Rencontre des monstres à six têtes aux crocs acérés. Des éclairs le frappent. Des branches pendent au-dessus de lui, d'un bond il s'y accroche pour échapper aux rapides. Des déesses et des dieux le protègent, mais d'autres veulent le tuer. Il change d'identité. Il est épuisé. Il s'endort, puis est réveillé par un rire. Il raconte son histoire à des inconnus. Il est parti depuis vingt ans. Il a été emmené quelque part, on l'a abandonné sur place. On a mis de la drogue dans son vin. La route a été dure.

De bien des manières, certaines de ces choses te sont arrivées. À toi aussi, on a mis de la drogue dans ton vin. Toi aussi tu t'es retrouvé au lit avec la femme qu'il ne fallait pas. Toi aussi tu as été envoûté par des voix magiques, de douces voix avec d'étranges mélodies. Toi aussi tu es parti très loin et les vents t'ont ramené. Et il y a des fois où tu t'en es sorti de justesse toi aussi. Tu as mis en colère des gens qu'il ne fallait pas. Et toi aussi tu as arpenté ce pays en long et en large. Et tu as aussi senti ce vent mauvais qui ne t'apporte rien de bon. Et encore, ce n'est pas tout.

Quand il rentre chez lui, ça ne s'arrange pas. Des vauriens se sont installés sous son toit et abusent de l'hospitalité de sa femme. Et ils sont trop nombreux. Et il a beau être le plus fort d'entre eux, le meilleur en tout – le meilleur charpentier, le meilleur chasseur, celui qui connaît le mieux les animaux, le meilleur marin –, son courage ne le sauvera pas, c'est sa ruse qui le sauvera.

Tous ces parasites vont devoir payer pour avoir profané son palais. Il se déguisera en mendiant miséreux, et un vulgaire domestique le jette à coups de pied dans l'escalier avec arrogance et stupidité. L'arrogance du domestique le révolte, mais il contrôle sa colère. Il est seul contre cent, mais ils tomberont tous, y compris les plus forts. Il n'était personne. Et, au bout du compte, quand il est à la maison enfin, il s'assoit avec sa femme et lui raconte ses histoires.

Alors, qu'est-ce que tout cela signifie ? Moi-même et beaucoup d'autres auteurs-compositeurs avons été influencés précisément par ces mêmes thèmes. Et ils peuvent signifier bien des choses différentes.

Si une chanson vous émeut, c'est tout ce qui compte. Je n'ai pas besoin de savoir ce que signifie une chanson. J'ai écrit toutes sortes de choses dans mes chansons. Et je ne vais pas m'en soucier – de savoir ce que tout ça signifie. Quand Melville a mis dans une histoire tout son Ancien Testament, ses références bibliques, théories scientifiques, doctrines protestantes et tout ce savoir sur la mer, la navigation et les baleines, je ne pense pas non plus qu'il s'en soit soucié – de ce que tout ça signifie.

John Donne pareil, le prêtre-poète qui a vécu à l'époque de Shakespeare a écrit ces mots : « Entre ses seins, Sestos et Abydos plus riches / Où deux amours au lieu de deux amants se nichent. » Je ne sais pas ce que ça veut dire, moi non plus. Mais ça sonne bien. Et tu veux que tes chansons sonnent bien.

Quand Ulysse dans *L'Odyssée* rend visite au célèbre guerrier Achille dans les Enfers, Achille – qui a préféré à une longue vie de paix et de satisfaction une vie brève, pleine d'honneur et de gloire – dit à Ulysse que tout ça a été une erreur. « Je suis mort, c'est tout. » Il n'y a pas eu d'honneur. Pas d'immortalité. Et que s'il le pouvait, il choisirait de revenir en arrière et d'être le modeste esclave d'un métayer sur terre plutôt que d'être ce qu'il est, un roi au pays des morts. Que quelles qu'aient été les souffrances de son existence, elles étaient préférables à se trouver ici, dans cet endroit mort.

Et c'est ce que sont les chansons, aussi. Nos chansons sont vivantes au pays des vivants. Mais contrairement à la littérature, les chansons sont destinées à être chantées, et non pas lues. Les textes des pièces de Shakespeare avaient pour vocation d'être dits sur scène. De même, les paroles des chansons ont pour vocation d'être chantées et non pas lues sur une page. Et j'espère que certains d'entre vous auront l'occasion d'écouter ces paroles comme il a été prévu qu'elles soient entendues : en concert ou sur disque, ou de la manière dont les gens aujourd'hui écoutent des chansons. Je reviens une fois encore à Homère, qui dit : « Chante en moi, ô muse, et à travers moi raconte l'histoire. »

RÉFÉRENCES

[Note du traducteur]

Herman Melville, *Moby Dick*, traduction Armel Guerne, Phébus, 2011.

Erich Maria Remarque, *À l'Ouest rien de nouveau*, traduction Alzir Hella et Olivier Bournac, Le Livre de Poche, 1973.

Homère, *L'Odyssée*, traduction du grec en anglais : Robert Fitzgerald, Farrar, Straus & Giroux, 1961.

John Donne, *Élégie XVIII*, in *Poèmes*, traduction Jean Fuzier et Yves Denis, Gallimard, 1992.

Le traducteur remercie Jim Carroll, de la librairie San Francisco Books, à Paris, et Olivier Martin-Gambier.

SUR L'AUTEUR

Bob Dylan a enregistré trente-huit albums studio, dont les ventes cumulées dans le monde entier dépassent 120 millions d'exemplaires. Il est lauréat du prix Nobel de littérature, a été décoré de la Légion d'honneur en France, a reçu le prix Pulitzer avec mention spéciale, a été fait docteur honoris causa de l'université écossaise de St. Andrews, s'est vu décerner la médaille de la Liberté, la plus haute récompense civile, par le président des États-Unis. Son ouvrage de Mémoires, *Chroniques Volume 1* (Fayard, 2005), est resté un an sur la liste des meilleures ventes du *New York Times*.

Composition et mise en pages
Nord Compo à Villeneuve-d'Ascq

54-4327-1/01

Achevé d'imprimer par l'imprimerie
Chirat 42540 Saint-Just-la-Pendue
N° 201710.0090